GUÍA DE LECTURA

Escrita por Nathalie Roland
Traducida por María Olivera Álvarez

El código Da Vinci

de Dan Brown

Entiende fácilmente la literatura con

ResumenExpress.com

www.resumenexpress.com

DAN BROWN

NOVELISTA ESTADOUNIDENSE

- **Nació en 1964 en Exeter, Nuevo Hampshire (Estados Unidos)**
- **Algunas de sus obras:**
  - *Ángeles y demonios* (2000), novela
  - *El código Da Vinci* (2003), novela
  - *El símbolo perdido* (2009), novela

Licenciado en arte y en letras por el Amherst College y por la Philipps Exeter Academy, Dan Brown inicia primero su carrera como profesor en la Philipps Exeter Academy (Nuevo Hampshire). En 1997 se inicia en la escritura y lanza su primera novela, Fortaleza digital (1998), que manifiesta su interés por los códigos y los complots, temas recurrentes en su obra. Sin embargo, será con El código Da Vinci (2003) –segunda entrega de su trilogía (junto con Ángeles y demonios en 2000 y El símbolo perdido en 2009) sobre Robert Langdon, un profesor con simbología religiosa– que conocerá el éxito y será reconocido como autor de *best sellers* a nivel mundial.

EL CÓDIGO DA VINCI

UN SUPERVENTAS QUE GIRA ALREDEDOR DE SÍMBOLOS RELIGIOSOS

- **Género**: novela
- **Edición de referencia**: Brown, Dan. 2003. *El código Da Vinci*. Traducido por Juanjo Estrella. Barcelona: Ediciones Urano
- **Primera edición**: 2003
- **Temáticas**: Grial, arte, investigación, suspense, enigma, símbolos, religión

Publicado en 2003, *El código Da Vinci* es la cuarta novela de Dan Brown. En esta novela de suspense esotérica el autor nos arrastra en un verdadero juego de pistas que recorre Francia e Inglaterra en búsqueda del misterioso Grial y de todos aquellos que han hecho todo lo posible para conservarlo o destruirlo. Salpicando su obra con alusiones a leyendas y hechos históricos, Dan Brown teje una historia cuyo resultado podría modificar la faz del mundo. Como auténtico superventas, se han vendido varias decenas de millones de ejemplares del libro por todo el mundo y la novela se adaptó muy pronto a la gran pantalla (2006).

RESUMEN

UN ASESINATO EN EL LOUVRE

De paso en París para una conferencia, a Robert Langdon, profesor de simbología religiosa en la Universidad de Harvard, lo despierta la policía: lo necesitan para esclarecer el asesinato de Jacques Saunière, el conservador del Museo del Louvre. Este ha sido atacado y torturado de forma salvaje antes de que lo matara un albino llamado Silas en la gran galería del Louvre. Su cuerpo ha sido hallado en el centro de un pentagrama (una estrella de cinco puntas con un significado mágico) y símbolos. La disposición del difunto recuerda al *Hombre de Vitruvio*, un dibujo anatómico de Leonardo da Vinci (artista y erudito italiano, 1542-1519).

Tras haber cometido este asesinato, el monje Silas logra entrar en plena noche en la iglesia de Saint-Sulpice en París, gracias a sus contactos con el Opus Dei (institución católica fundada en 1928). Allí debe recoger una misteriosa clave de bóveda para su «Maestro».

Cuando llega al museo, Robert conoce al comisario encargado de la investigación, Bézu Fache. Sophie Neveu, nieta de la víctima y criptógrafa (la criptografía consiste en proteger un texto mediante el uso de códigos), le informa de que ha descifrado el código escrito por Saunière. Se trata, según ella, de la sucesión de Fibonacci en desorden, una simple «broma numérica» (Brown 2003, cap. 11), seguida del mensaje siguiente: «*¡diavole in dracon! límala, asno. p.s. buscar a Robert Langdon*» (Brown 2003, cap. 12), por lo que

Sophie deduce que Saunière quería que ella y Langdon se conocieran. Pero además, ella le advierte: Fache está convencido de su culpabilidad, y para demostrarle que esto es cierto, le demuestra que lleva sobre él un dispositivo GPS. Muy pronto Robert comprende que el mensaje de Saunière se refiere a *La Gioconda* de Leonardo da Vinci. También le explica a Sophie que la sigla P.S. unida a una flor de lis es el emblema de una hermandad secreta, el Priorato de Sión, a la cual pertenecía Leonardo da Vinci. Se trata de una orden fundada por Godefroy de Bouillon (hacia 1061-1100) y cuya leyenda se conoce con el nombre de Santo Grial.

Cuando Fache se entera de que el servicio de criptografía nunca envió a Sophie, suena una alarma en el museo. Los policías comienzan la persecución de los fugitivos siguiendo la señal de GPS que Sophie había tirado por la ventana, mientras que los dos héroes siguen en el Louvre. Es entonces cuando empiezan un verdadero juego de pistas. Descubren un mensaje sobre La Gioconda: «*No verdad lacra Iglesias.*» (Brown 2003, cap. 30). Sophie comprende que es el anagrama de La Virgen de las rocas, otro cuadro de Da Vinci, detrás del cual encuentra una llave con una dirección escrita. Neutralizan al guardia y ambos abandonan el lugar. La llave los lleva a un banco suizo donde obtienen una caja que logran abrir y en la que descubren un pequeño joyero de madera rosada. Pero el director les advierte que la policía ha sido informada de su llegada y les ayuda a salir del banco en un furgón blindado.

Durante este tiempo, obispo obispo Aringarosa, presidente del Opus Dei, llega al Vaticano para una reunión secreta y lleva con él un maletín lleno de dinero en forma de bonos negociables.

SIGUIENDO LA PISTA DEL GRIAL

Durante el trayecto, Sophie y Robert abren la caja: en su interior descubren un criptex, un invento de Leonardo da Vinci que permite transmitir documentos secretos. En el exterior del cofre hay un medallón que representa una rosa, símbolo del Grial. Robert comprende que poseen la clave de bóveda, una especie de plano que permitiría descubrir dónde está el Grial, y que Saunière era el Gran Maestro del Priorato de Sión. Cuando el furgón se detiene, el director del banco amenaza a Sophie y a Robert con un arma para recuperar el joyero. Pero logran escapar y acuden a casa de un amigo de Robert, Leigh Teabing, especialista en historia religiosa y del Grial, que vive en Versalles. Por desgracia, lo que no se les ha pasado por la cabeza es que Teabing sea en realidad el Maestro que ha ordenado el asesinato.

Teabing comienza así una larga explicación: Da Vinci fue no solo el guardián del Grial, sino también, su pintor. En la representación de *La última cena*, el Grial no es una copa sino una persona: María Magdalena, la esposa de Cristo. El Santo Grial, cuya etimología es «sangre real», es el «cáliz que contenía la sangre de Cristo» (Brown 2003, cap. 58), esto es, un niño de Jesús y María Magdalena. A lo largo de los siglos, la misión de los templarios primero y del Priorato de Sión después era proteger los documentos relativos a la maternidad de María Magdalena y a su tumba, pero también velar por los descendientes de Jesús.

Robert reflexiona sobre el enigma del criptex y Sophie comprende que está escrito en espejo y que se refiere a los templarios. Por fin, pueden abrir el criptex gracias a la palabra «Sofía», que significa «sabiduría» en griego (Brown 2003, cap. 77), y descubren otro criptex sellado con otro enigma: «En la ciudad de Londres, enterrado por el Papa, reposa un caballero. Despertaron los frutos de sus obras las iras de los hombres más sagrados. El orbe que en su tumba estar debiera buscad; os hablará de muchas cosas, de carne rosa y vientre fecundado.» (Brown 2003, cap. 82).

Silas, al tanto de que la clave de bóveda está en manos de Sophie y Robert, entra en el castillo de Teabing para recuperarla, pero fracasa. Por su parte, la policía, al haber localizado a los fugitivos en el castillo, interviene pero cuando llegan no hay nadie: Robert, Sophie, Teabing, su chófer y Silas, su prisionero, se dirigen hacia el aeródromo de Le Bourget para volar a Londres. Liberado por el mayordomo de Teabing, Silas toma a Teabing como rehén y recupera la clave de bóveda.

Por su parte, Robert y Sophie van a la iglesia del Temple, una iglesia construida por los templarios, pero no encuentran ninguna tumba. Más tarde acuden al Instituto de Investigación de Teología Sistemática y descifran el enigma: Isaac Newton (físico, matemático y astrónomo inglés, 1642-1727), caballero y amigo de Alexander Pope (poeta inglés, 1688-1744), está enterrado en la abadía de Westminster. Allí se encuentran con Teabing, que los amenaza con un arma y desvela a Sophie que sus padres y su hermano no murieron en un accidente de coche como ella creía. Teabling obliga a Robert a que abra la clave de bóveda pero este lanza el criptex, que se rompe contra el suelo. Aprovechando la confusión, Sophie recupera el revolver y Robert substrae el pergamino. Teabing le suplica a Robert que le revele dónde está el Grial, a lo que Robert responde: «Solo los que son dignos de él encuentran el Grial» (Brown 2003, cap. 101).

De acuerdo con el mensaje del criptex, Robert y Sophie se desplazan a la capilla de Rosslyn, una iglesia construida por los templarios. Allí, Sophie se reencuentra con su hermano y su abuela, Marie Chauvel. Esta le explica que su hermano y ella son descendientes de María Magdalena, y le desvela a Robert que el Grial se encuentra en Francia.

De vuelta en París, Robert sigue la Línea Rosa, que lo lleva al Louvre, donde divisa dos pirámides cuyas puntas se tocan: ahí es donde descansa María Magdalena.

ESTUDIO DE LOS PERSONAJES

ROBERT LANGDON

Profesor de simbología religiosa en la Universidad de Harvard, Robert Langdon es el autor de numerosas obras controvertidas sobre los símbolos y las sectas. Seducido por Sophie, le ofrece su ayuda y se lanza con ella en una investigación que lo sobrepasa. Él es la referencia científica que permite avanzar a la joven.

SOPHIE NEVEU

De origen francés, Sophie Neveu se formó en una universidad inglesa antes de acceder a un servicio de criptografía. Se la describe como «belleza sana, se veía auténtica», y «tan decidida que rozaba la obstinación» (Brown 2003, cap. 9). Es la nieta de Jacques Saunière, quien la secuestró tras la muerte de sus padres y de su hermano en un accidente de coche cuando ella tenía cuatro años. Mujer de acción, de naturaleza más bien escéptica y desconfiada, forma con Langdon la pareja de personajes principales. Su nombre es una alusión a Sofía, que remite a la sabiduría en el Nuevo Testamento. Al final de su viaje se entera de que es la descendiente de Jesús.

JACQUES SAUNIÈRE

Jacques Saunière, de 76 años, es el conservador del Museo del Louvre. Considerado un defensor de las artes, competente y apasionado, es el especialista de la gran diosa y de la divinidad femenina. Considera a Sophie «su propia hija» (Brown 2003, cap. 76), le enseña a resolver códigos y enigmas. Gran Maestro del Priorato de Sión, es asesinado por el monje Silas. Sin embargo, antes de morir, intenta transmitirle el secreto a su nieta, cueste lo que cueste.

BÉZU FACHE

De gran corpulencia, obstinado, antipático y vanidoso, Bézu Fache es el comisario de policía que, acompañado de su adjunto Collet, está encargado de resolver la muerte de Saunière. Está muy implicado en el caso y ve en Langdon el culpable ideal. Cercano al Opus Dei, está en contacto con obispo Aringarosa.

SILAS

Silas, «imponente albino» (Brown 2003, cap. 2), es un monje miembro del Opus Dei: se autoflagela y utiliza un cilicio (cadena ceñida en la parte superior de la pierna). Ha vivido momentos dolorosos en el pasado: su violento padre golpeó a su madre y Silas lo mató, por lo que fue encarcelado. Pero logró huir gracias a un terremoto y fue acogido por un sacerdote, Manuel Aringarosa. Muy agradecido hacia este, se encarga de protegerlo y se convierte en su secuaz. Mata por él a los jefes del Priorato de Sión.

LEIGH TEABING

Leigh Teabing es un historiador de la Corona británica y especialista en el Grial y en historia religiosa. Este inglés ennoblecido vive en el Castillo de Villette. Tiene como personal de servicio al fiel y entregado Rémy Legaludec. Afectado por la polio muy joven, se desplaza en silla de ruedas. Es el Maestro que ordena los asesinatos, con la esperanza de encontrar el Grial: quiere hacer públicos los documentos que el Priorato debe proteger y cambiar así la faz del mundo. Despiadado, ni siquiera perdona a Rémy.

OBISPO ARINGAROSA

Cuando era un simple sacerdote, Manuel Aringarosa acogió y curó a Silas. Ahora preside el Opus Dei y siente poca simpatía por el papa actual, que amenaza con no reconocer más su institución. Desesperado, acepta la misión que le ha encomendado el Maestro para así salvar su orden. Cuando comprende que ha sido manipulado intenta corregir sus errores.

CLAVES DE LECTURA

UN ARTISTA EN EL CORAZÓN DE UNA OBRA: LEONARDO DA VINCI

El retrato de Leonardo da Vinci

Originario de la Toscana, Leonardo da Vinci (1452-1519) encarna el modelo de artista del Renacimiento: es a la vez pintor, escultor, arquitecto, músico, ingeniero y científico. Después de su formación con el pintor y escultor florentino Verrocchio (1435-1488), viaja por las diversas cortes italianas. Es invitado por Francisco I (rey de Francia, 1494-1547) y desembarca en Francia en 1517. El monarca lo instala en un castillo cercano, el de Clos Lucé.

Dejó una veintena de cuadernos llenos de notas escritas en espejo, de croquis detallados de anatomía, de reflexiones sobre experimentos, proyectos u observaciones, así como una treintena de cuadros, a menudo no terminados o retocados varias veces, sobre temas religiosos, mitológicos, simbólicos e históricos, y retratos en los que renueva la iconografía (la forma de representar) tradicional.

Los cuadros evocados en la novela

- *El hombre de Vitruvio* (hacia 1490), mencionado en el Brown 2003, cap. 8. Este croquis debe su nombre a un arquitecto romano del siglo I a.C., quien definió en un tratado las medidas de un cuerpo humano perfecto: su ombligo está en el centro del círculo y del cuadrado que lo rodean. Interesado por el tema, Da Vinci reutiliza estas proporciones en otras producciones, puesto que estima que la pintura y las matemáticas deben cohabitar en una obra.

- *La Gioconda* o *El retrato de Lisa del Giocondo* o *La Mona Lisa* (hacia 1503-1507), evocada en el Brown 2003, cap. 26. Francesco del Giocondo, mercader florentino, encarga a Da Vinci el retrato de su joven esposa con motivo del nacimiento de su futuro hijo. Desde el siglo XVI, este lienzo conoce un verdadero éxito y es vendido a Francisco I tan pronto como el artista llega a Francia (lo que explica su presencia en las colecciones del Louvre, que albergaba en sus inicios las colecciones reales). Varios elementos han contribuido a hacer de este cuadro algo fascinante:
  - la sonrisa enigmática de la Gioconda, que se debe al gusto del pintor por los retratos onomásticos: utiliza un elemento simbólico para evocar el nombre de la persona; en este caso, Giocondo recuerda a *jocundus*, que en latín significa «feliz», de ahí la sonrisa;
  - Da Vinci alcanza la cima del arte del retrato: se inspira en los primitivos flamencos (para los retratos con un segundo plano) y presenta un modelo que no se separa del espectador por ningún elemento. Lo ha situado en un paisaje rocoso que demuestra sus observaciones geológicas y ha utilizado la técnica del *sfumato*, que da una impresión de niebla que unifica el conjunto.
- *La Virgen de las rocas* (1482-1483), del que se habla en el Brown 2003, cap. 30. Encargada por la Confraternidad de la Inmaculada Concepción de la Virgen de Milán, esta pintura tiene dos versiones; la más antigua está conservada en el Louvre y fue rechazada por la confraternidad tras una querella jurídica y una discrepancia en cuanto al

tema presentado. Es cierto que el artista se basó en un relato no reconocido por la Iglesia que presenta a Juan Bautista como el precursor de Cristo, lo que hizo que los religiosos de la confraternidad opinasen que esto dificultaba reconocer fácilmente a Jesús.

- *La última cena* (hacia 1497), que se trata en los Brown 2003, cap. s 55 y 58. Realizado para el refectorio de los monjes de Santa María delle Grazie de Milán, en el cuadro hay trece personajes, cuatro de los cuales son claramente identificables: Jesús (en el centro), Pedro (barbudo y con un cuchillo, porque le cortó la oreja a un soldado que quería detener a Cristo), Judas (que vuelca un salero, presagio de su traición) y justo al lado de Cristo, no se trata de María Magdalena como en la novela, sino de Juan (joven e imberbe). La obra se copió numerosas veces ya que tuvo un enorme éxito desde su creación.

¿Un código Da Vinci?

Desde el punto de vista de los especialistas, existen numerosos misterios alrededor de la vida de Da Vinci, pero no hay ninguna prueba de que dejara mensajes codificados en sus obras o de que dirigiera un tal Priorato de Sión. Sin embargo, el mal estado de conservación de ciertos cuadros (*La última cena* especialmente), las particulares elecciones del artista (su voluntad de humanizar la pintura religiosa) o incluso su interés por la alquimia, así como la fusión de los géneros masculino y femenino (ideal de la perfección), dan vía libre a interpretaciones muy diversas y a la imaginación.

UNA NOVELA DE SUSPENSE ESOTÉRICA

La novela de suspense o *thriller* (del inglés *to thrill*: estremecerse) corresponde a un género artístico utilizado tanto en la literatura (*Carrie*, de Stephen King, o *No se lo digas a nadie*, de Harlan Coben), como en el cine (*Misión Imposible, Shutter Island* o *El silencio de los corderos*) y en la televisión (*24* o *Perdidos*). Su principal característica es que crea en el lector/espectador cierta tensión, incluso miedo, respecto al desarrollo de los acontecimientos del relato. El autor intenta mantener el suspense mediante imprevistos o intrigas secundarias que impiden que la acción principal avance.

La novela de suspense comprende varios subgéneros (espionaje, horror, jurídico, psicológico, sobrenatural, etc.) y en el caso del *Código Da Vinci*, se puede calificar como esotérico, un género en boga desde hace una década. El esoterismo (del griego *esoteros* que significa «interior») designa el conjunto de filosofías y formas de pensamiento cuya enseñanza es secreta o accesible únicamente mediante una iniciación. Sin embargo, no hay que confundir el esoterismo con las artes y las ciencias ocultas –como la astrología, la videncia, el magnetismo, etc. –, que son accesibles para la gran mayoría. En esta novela Dan Brown evoca el Priorato de Sión, textos apócrifos, el secreto de los templarios, etc., así como referencias esotéricas reales, y lo envuelve todo en teorías del complot imaginarias.

El autor también utiliza varias técnicas literarias para mantener el suspense:

- implica al lector: con la aparición de indicios (anagramas, enigmas, etc.) a lo largo del texto, da la oportunidad al lector de que lleve a cabo su propia investigación y este se convierte así en actor de su descubrimiento;
- alterna los puntos de vista, mostrando lo que ocurre tanto con Langdon y Sophie como con la policía o el Opus Dei;
- escribe en forma de Brown 2003, cap. s breves y numerosos, lo cual acelera el ritmo;
- en cada Brown 2003, cap. mezcla acción e información: el lector se ve envuelto en la historia a la vez que recibe indicaciones que le permitirán reunir indicios.

ALGUNOS PUNTOS DE REFERENCIA CIENTÍFICOS, RELIGIOSOS Y ESOTÉRICOS

Dos símbolos: la secuencia de Fibonacci y el número áureo

Esta secuencia de números (Brown 2003, cap. s 11 y 20) en la que cada término equivale a la suma de los dos números anteriores (1, 3, 4, 6, 13...) fue descubierta por el matemático Leonardo Fibonacci (1170-1250). Para los números inferiores a 3, la relación entre dos números consecutivos es igual al número áureo. Este último –también denominado *phi*, divina proporción o sección dorada– fue descubierto por los griegos de la Antigüedad observando la naturaleza: encontraron esta relación en la cara, el nautilo (concha), etc. Esta cifra representa para ellos la harmonía y la parte divina que existe en la naturaleza. De ahí deriva que artistas como Leonardo Da Vinci reutilizaran este número para construir sus obras.

Los misterios de la Biblia

Frecuentemente se ha considerado a María Magdalena como una prostituta que lavó los pies de Cristo. Sin embargo, los especialistas han constatado una confusión entre varios personajes llamados «María» en los Evangelios.

A partir del siglo X nacen leyendas sobre los personajes importantes del cristianismo según las cuales todos se habrían desplazado a Occidente. Así, tras la crucifixión de Cristo, María Magdalena habría llegado a Francia con su hermana Marta y su hermano Lázaro.

Durante sus tres primeros siglos de existencia, la Iglesia católica fue objeto muchas controversias para determinar una religión cristiana unificada (de ahí el Concilio de Nicea, mencionado en el Brown 2003, cap. 55) o para fijar los textos del canon (oficiales). Por tanto, declaró algunos evangelios apócrifos, es decir, cuya autenticidad no estaba demostrada, por varias razones: por ejemplo, algunos se habían escrito tras la muerte de su autor. Y fue así como en el Concilio de Trento (1545-1563) se declararon los cuatro Evangelios que conocemos como fuente principal y oficial.

En 1945 un campesino descubre textos bíblicos apócrifos en Nag Hammadi (Egipto), entre los cuales se encuentra el Evangelio de Felipe, que habla de María Magdalena como «compañera» de Cristo, así como de un beso. Estos términos, según los especialistas, tenían un sentido diferente en aquella época (María Magdalena como acompañante de

Cristo en sus desplazamientos, al igual que los apóstoles; el beso sería el de la paz de Cristo), aunque sí coinciden en el hecho de que María Magdalena era cercana a Cristo.

Una organización secreta: los templarios o la Orden de los Pobres Caballeros del Templo de Salomón de Jerusalén

Se trata de una orden religiosa fundada hacia 1119, al final de la primera cruzada, compuesta por monjes guerreros. En esa época los reyes y condes cristianos participaban en la conquista de los lugares sagrados del cristianismo para que los peregrinos pudieran llegar a Jerusalén. Debido a la inseguridad cada vez mayor nace la idea de que hace falta guiar, alimentar y sobre todo proteger a los peregrinos. Para garantizar estas misiones se crean órdenes, como la de los Caballeros Hospitalarios o los templarios.

Apoyados por el papa, los templarios reciben cada vez más beneficios, de entre los que cabe destacar que pueden poseer tierras y recaudar impuestos de las mismas. Fácilmente reconocibles por su túnica blanca marcada con una cruz roja, crean encomiendas por toda Europa que les sirven de monasterios, centros de reclutamiento y lugares para gestionar los bienes que reciben (como la iglesia del Temple).

Con la caída de San Juan de Acre en 1291, los reinos cristianos creados en Oriente desaparecen. Es entonces cuando los templarios se retiran a Chipre y buscan otras actividades en las que participar: luchan en combates contra los musulmanes en España y Portugal o ejercen de banqueros para la nobleza francesa e inglesa. Pero el 13 de octubre de 1307 el rey de Francia, Felipe IV (1268-1314), ordena arrestar a todos los templarios así como a sus jefes: son acusados de herejía, torturados y condenados a la hoguera.

El carácter legendario de esta hermandad se debe a varios acontecimientos posteriores a su desaparición en Francia:

- en la hoguera, Jacques de Molay (1243-1314), Gran Maestre de los templarios, maldice al rey Felipe IV, al papa Clemente V y a todos los presentes en su ejecución, así como a sus descendientes. En los meses siguientes, el papa y el rey mueren, y ninguno de los monarcas que suceden a Felipe IV reina más de seis años;
- aunque ejercieran de banqueros, no se han encontrado fondos importantes; por lo tanto, algunos piensan que existe un tesoro de los templarios escondido en algún lugar;
- en el siglo XVIII los masones franco-alemanes establecen nexos entre su organización y los templarios: más tarde mezclan esta historia con un poema del siglo XII que convierte a estos caballeros en los guardianes del castillo del Grial.

La puesta en escena de la orden de los templarios en la novela de Dan Brown da a la obra un aspecto veraz. Sin embargo, debemos señalar que el autor se permite ciertos distanciamientos –y no mínimos– respecto a la realidad histórica. De hecho, se ha demostrado que la orden ya no existe en la actualidad. Además, la idea de que el Priorato de Sión es la continuidad secreta de la Orden de los templarios es únicamente fantasía. Y es que muchos afirman que el Priorato de Sión no es más que un fraude.

Por último, precisemos que, además de la cuestión de los templarios, la obra presenta numerosas inverosimilitudes, especialmente en cuanto a las informaciones teológicas, que son a veces falsas. Por ejemplo, la elección de los textos que componen el Nuevo Testamento no es fruto del dictado de un emperador romano sino el resultado de una evolución y de discusiones, y los textos apócrifos no son relatos secretos ocultados por la Iglesia.

PISTAS PARA LA REFLEXIÓN

ALGUNAS PREGUNTAS PARA PROFUNDIZAR EN SU REFLEXIÓN...

- ¿En qué elementos históricos o legendarios se apoya Dan Brown para construir su novela? ¿Qué interpretación hace él de los hechos? Justifique su respuesta.
- ¿En qué medida es fiel la adaptación cinematográfica a la novela?
- ¿Cómo logra Dan Brown mantener a su lector absorto?
- Cada personaje va en busca del Grial por razones diversas. ¿Cuáles son?
- ¿El lector también es actor de esa búsqueda? Justifique su respuesta.
- ¿Por qué suscitó esta novela numerosas críticas dentro de la Iglesia?
- Desde su punto de vista, ¿por qué eligió el autor a Leonardo Da Vinci como uno de los hilos conductores de esta historia?
- Compare este libro con otros del mismo género, en concreto *El nombre de la rosa* de Umberto Eco. ¿A qué público(s) van dirigidos? ¿Tienen el mismo éxito? Según usted, ¿cuáles son las razones?
- La novela se basa principalmente en la noción de misterio. ¿Qué opinión expresa el autor al respecto?
- ¿Por qué cree usted que Dan Brown ha ubicado la frase siguiente como íncipit de su novela: «Todas las descripciones de obras de arte, edificios, documentos y rituales secretos que aparecen en esta novela son veraces.»? ¿Qué efecto produce?

¡Su opinión nos interesa!
¡Deje un comentario en la página web de su librería en línea,
y comparta sus favoritos en las redes sociales!

PARA IR MÁS ALLÁ

EDICIÓN DE REFERENCIA

- Brown, Dan. 2003. El código Da Vinci. Traducido por Juanjo Estrella. Barcelona: Ediciones Urano.

ESTUDIOS DE REFERENCIA

- Burstein, Dan. 2004. *Les Secrets du code Da Vinci.* Traducido por Guy Rivest. Montreal: Les Intouchables.
- Cox, Simon. 2004. *Le Code Da Vinci décrypté.* Traducido por Mylène Soval. París: Le pré aux clercs, colección Pocket.
- Newman, Sharan. 2005. *La Véritable histoire derrière le code Da Vinci.* Traducido por Bernard Dubant. París: Guy Trédaniel Éditeur.
- Zöllner, Frank. 2007. *Léonard de Vinci. 1452-1519. Toute l'oeuvre peinte et graphique.* Colonia: Taschen.

ADAPTACIÓN

- *El código Da Vinci.* Dirigida por Ron Howard, con Tom Hanks, Audrey Tautou y Jean Reno, 2006.